Para Max y Nicolás, naturalmente.

Y para Leopoldito P. v. d. K.
y Martina-Isabella F. d'A. F.

Juliet Pomés Leiz

SIMÓN en: ¡Ya llega Navidad!

TUSQUETS
EDITORES

Hoy es 1 de diciembre, y lo primero que hace Simón en cuanto
se despierta es estrenar el calendario de Adviento que mamá
le colgó ayer en su habitación.
–¿Por qué ventanita empezamos, Pepe? –le comenta Simón
a su dinosaurio–. ¿Y si las abrimos todas?

Entonces entra mamá en la habitación para despertarle
y darle los buenos días.

–¡Uy, no! ¡No es así, Simón! –exclama mamá–. Sólo hay
que abrir una ventanita cada día. Hoy toca la número 1,
mañana la 2, luego la 3... Y así hasta llegar a la 24, la
más grande, que es la de Nochebuena.

Cuando salen de casa camino del colegio, Simón, que no
ha entendido muy bien lo del calendario, le pregunta a mamá:
—Pero ¿cuánto falta para Navidad?
—Pues tantos días como ventanitas cerradas hay en tu
calendario, Simón —contesta ella—. Hoy has abierto la
primera y aún te quedan 23. ¡Faltan 23 días para que
empiecen las Navidades!
—¡¡¿Tantooooo?!! —dice Simón decepcionado.
—No es tanto, Simón. Hay muchas cosas que hacer
antes, ya verás...

Es verdad: ¡hay muchas cosas que hacer! En la clase de Simón están todos ocupadísimos con los preparativos navideños.

A la salida del colegio, Simón va hoy a jugar a casa de Oliver, su mejor amigo. Cuando pasan por delante de la juguetería... ¡se vuelven locos!

–¿Nos compras algo, mamá? –pide Oliver–. Va, por favor...

–Pero si sólo faltan quince días para Navidad –contesta su madre–. Se me ocurre una idea: cuando lleguéis a casa, podéis escribir la carta a los Reyes Magos. ¿Qué os parece?

Cosen un calcetín para
que Papá Noel les deje
alguna sorpresa...

... y preparan
guirnaldas y estrellas
para adornar
el árbol...

... y pintan y dibujan
para decorar la clase...

En la habitación de su amigo, Simón y Oliver hacen unos dibujos para Papá Noel y los Reyes Magos, y luego le dictan a Daniel, el hermano mayor de Oliver, los juguetes que quieren.

—Yo me pido un disfraz de Spiderman, una moto teledirigida, un perro de verdad y... —empieza Simón.

—Pues yo una portería de fútbol, un coche teledirigido... —interrumpe Oliver.

—¡Y un Chocolandia! —sigue Simón.

—¡Yo también! ¡Y un Castillo Supermonstruoso!

—¡Y yo igual!

—Pues yo...

Ahora faltan doce días para que llegue Navidad. Simón va a la Feria de Belenes con papá y la amiga de papá, que se llama Roberta. Han quedado con la tía Martina, el tío Eduardo y los primos, Edu y Tina. Pero hay tanta gente que casi no se encuentran...

–¡¡Ya los veo!! –grita Simón contento.

Después de caminar
un rato entre los tenderetes,
los niños están cansados, sobre
todo Simón, porque todavía no
llega a los mostradores y
apenas ve algo.
–¡Vamos a merendar! –propone
la tía Martina cuando terminan
las compras.

Este año, Simón monta el belén en casa de papá. Es un belén enorme, mayor aún que el que hizo la abuela el año pasado.

—¡Qué bien os está quedando! —dice Roberta—. Pero no parece que sea invierno...

—Es que falta la nieve —dice papá—, el toque final.

—¡Sí, sí! ¿Puedo hacerlo yo, papá? —pregunta Simón.

Faltan ocho días para Navidad.

La clase de Simón está ahora llena de adornos y los niños se saben
bastante bien los villancicos. ¡Todo está listo para la visita de Papá Noel!

Bea le comenta a Simón:

−¿Sabes qué dice mi hermana mayor? ¡Que a Papá Noel nunca
se le ve! Seguro que no viene...

... Pero el último día de clase, por la mañana, cuando los niños entran en las aulas, descubren que sus calcetines... ¡están llenos de golosinas!

—¿Ves como sí ha venido? —le dice Simón a Bea aliviado.

—Sí, pero no le hemos visto... —contesta ella.

Este año, a mamá se le ha echado el tiempo encima y apenas
ha podido empezar con los preparativos navideños.
–¡Sólo faltan cinco días para Navidad! –dice pensativa mirando
el montón de felicitaciones por escribir–. Es una lástima, no van
a llegar a tiempo...
Pero mamá, que siempre tiene soluciones para todo, decide que
Simón y ella se harán una foto y la enviarán por correo electrónico.
–¿Y el árbol, mamá? –pregunta Simón preocupado–. ¿Cuándo
vamos a adornarlo?
–Bueno, antes tendremos que ir de compras.

¡Sólo faltan dos días para Navidad!

–¡Qué rollo! –se ha quejado Simón al enterarse de que ese día toca ir de compras... ¡Es lo que más le aburre del mundo!

Por suerte, han quedado con la tía Sara y las primas Julia y Claudia. Y aprovecharán para echar la carta a los Reyes. ¡Además, en el centro comercial han instalado una atracción...

... alucinante!
–¡Guau! –dicen Simón
y Julia.

El día 23, Simón y mamá adornan el árbol. La tía
Sara y Julia han venido a ayudarles porque además
esta noche mamá tiene invitados en casa.
–Qué bonito está todo, ¿eh, mamá? –exclama
Simón–. ¡Ahora sí parece Navidad!

Simón oye risas desde la cama: ya han llegado los invitados.
Pero esta vez no ha querido estar un rato en la fiesta. En su
calendario de Adviento sólo queda una ventanita cerrada, la más
grande, y Simón sabe lo que eso significa: mañana, cuando la
abra... ¡por fin empezará la Navidad!

1.ª edición: noviembre 2003

© del texto y de las ilustraciones: Juliet Pomés Leiz, 2003

Reservados todos los derechos de esta edición para
Tusquets Editores, S.A. - Cesare Cantù, 8 - 08023 Barcelona
www.tusquets-editores.es

ISBN de la obra completa: 84-8310-867-4
ISBN: 84-8310-924-7
Depósito legal: B. 39.700-2003

Consultores gráficos: Feriche & Black

Impresión y encuadernación: Grafos, S.A. Arte sobre papel
Sector C, Calle D, n.º 36, Zona Franca - 08040 Barcelona
Impreso en España